GARY SNYDER
当下集
This Present Moment

〔美〕加里·斯奈德　　　　　　　　　　　　　著

许淑芳　　　　　　　　　　　　　　译

人民文学出版社
PEOPLE'S LITERATURE PUBLISHING HOUSE

著作权合同登记号　图字 01-2023-0611

图书在版编目(CIP)数据

当下集 ／（美）加里·斯奈德著；许淑芳译.
—北京：人民文学出版社，2019（2023.3 重印）
（巴别塔诗典）
ISBN 978-7-02-015027-4

Ⅰ.①当… Ⅱ.①加… ②许… Ⅲ.①诗集-美国-
现代 Ⅳ.①I712.25

中国版本图书馆 CIP 数据核字(2019)第 019188 号

责任编辑　李　娜　何炜宏　邰莉莉
装帧设计　高静芳

出版发行　人民文学出版社
社　　址　北京市朝内大街 166 号
邮　　编　100705

印　　刷　凸版艺彩(东莞)印刷有限公司
经　　销　全国新华书店等

字　　数　50 千字
开　　本　889 毫米×1194 毫米　1/32
印　　张　4.25
插　　页　5
版　　次　2019 年 8 月北京第 1 版
印　　次　2023 年 3 月第 2 次印刷

书　　号　978-7-02-015027-4
定　　价　62.00 元

如有印装质量问题，请与本社图书销售中心调换。电话:010 - 65233595

献给我无畏的妹妹

安西娅·科琳·霍根·劳瑞·斯奈德 ①

---

① 安西娅·科琳·霍根·劳瑞·斯奈德（1932—2002）：斯奈德的妹妹，
比斯奈德小两岁。一次赶往聚会的途中，从她前面的卡车上掉下一台割
草机。她把割草机拉到肩上，往右边车道走去，想把它丢到路边。她被
一辆疾驰的轿车撞上，当场死亡。

目录

第一部分　边地人

疙疙瘩瘩　_3

地球上的荒野之地　_4

西伯利亚边哨　_5

走在悠长荫蔽的埃尔瓦河边　_7

查尔斯·弗利尔在内华达山暴风雪中　_10

为什么我万般呵护我的苹果电脑　_12

阿尔忒弥斯和潘　_14

愤怒，牛，阿基里斯　_16

给远方的梅丽莎的一封信　_18

第一轮酒

亚克托安的猎犬之名　_23

新墨西哥的古老遗传学　_25

一妻多夫制　_27

夜阑昼至　_29

_2

第二部分　本地人

为什么加利福尼亚永远不会像托斯卡纳　_33

星期天　_35

迈克尔·德·汤贝在河谷边的家中　_37

小圃千浦的月亮　_39

如何认识鸟　_42

春耕之始想起托马斯·杰斐逊　_44

80 号公路上的原木运输车　_47

夜晚的故事　_48

鹅湖晨曲　_53

第二轮酒

修复系统　_57

"重新发明北美"　_59

天上来　_60

此间　_61

第三部分　祖先们

埃菲尔苔原　_65

杀　_67

爪印 / 肇因 _68

韩国海印寺全套大藏经雕版刻本所在地 _70

佛罗伦萨的青年大卫，绝杀之前 _72

牧溪的柿子 _74

伏尔塔瓦河河湾 _77

德尔菲神庙 _79

野火新闻 _82

奥茨穿越 _84

第三轮酒

伊努皮克价值观 _89

来自意大利的七首短诗 _91

荒野苦行、实修和静观 _95

第四部分　这就走吧

这就走吧 _99

当下 _106

注释和说明 _107

致谢 _111

译后记 _115

第一部分

边地人

疙疙瘩瘩

我们砍倒被甲虫蛀空的松树

截下十八英寸长的圆木

如此它便不会压垮棚屋

——借来的切割马达机

压力二十吨的

楔子连着活塞推杆

有些木头干净利落，断作两半，

有些木头坚韧，布满纤维和结节，

充满蛀屑和蛀道，疙疙瘩瘩

疙疙瘩瘩！——我的女人

　　　　她曾经那么甜

地球上的荒野之地

你的眼，你的嘴和手，
都是公路。
手，像卡车站，
挂车在角落里低声咕哝。
眼睛像银行柜员的窗口
外币交换。
我爱你身体的所有部分
朋友们拥抱你的郊区
对你的耕地点头致意
但我知道那条
通向你的荒野的小径。
并不是我最爱它，
而是在那里
我们几乎总是可以独处，
它让人惊慌又平静。

西伯利亚边哨

这些沙漠是怎么回事？是否多年前被羊
　　群啃食？
一道蔓延的河岸林和一条五英里长的狐
　　尾松平缓山脊

汤姆和我沿着贫瘠的山坡往上走

困于闪电袭击——
西伯利亚边哨草甸
丛生禾草和囊鼠洞——
在一株巨大古老的边地狐尾松下躲雨；
雹暴和瓢泼大雨；
深根大树，大块红色树皮——勉强没有淋湿

累世之前在曼陀罗岛
这同一棵树曾庇护我。

我当时是个小罗汉，名叫
"无欺"
被派来跟这些大石头同坐
几亿年过去了
泥土埋到我的双眼
我抖了抖身子，猛地站起来，说，

好了，汤姆，让我们返回营地去吧

沙漠闻起来像雨

2007 年 8 月 2 日 /2008 年 8 月 8 日

走在悠长荫蔽的埃尔瓦河边 ①

奥林匹克半岛埃尔瓦河上两座存在多年的水坝终
于被拆除了，埃尔瓦的克拉拉姆部落 ② 在欢庆之
余还结集了一本诗歌小册子。有一年，我曾独自
一人，走过那河流的全程。

埃尔瓦河，从源头。
白线般的瀑布
从雪隧道口落下
山脊上厚厚的积雪飘荡着冷雾——

噢，乳白色的汇流，切割着河岸
冲倒了桤木

---

① 埃尔瓦河，位于美国西北部华盛顿州，由南往北流入太平洋。1913 年和
1927 年，这条河上各建立了一座水坝，用于发电。这两座水坝的长久
存在严重破坏了生态和捕鱼业，当地的印第安土著多次提出抗议。2011
年 9 月开始拆除水坝，2014 年 8 月竣工。拆除水坝共花费 3.25 亿美元。
② 克拉拉姆部落为美洲原住民，共四支，其中两支住在奥林匹克半岛。

使河道蜿蜒，

大片的沼泽　　麋鹿翻搅过的烂泥——

这个山谷中巨大的道格拉斯冷杉[①]，

树皮上有着深深的沟槽，它已经适应这里

而希特卡云杉[②]常常无法适应。

在小道上走了三日，

——护路队[③]领班说，他们终于学乖了

把山道外侧修低，这样，水

可以流走——以前他们常担心，因为

运东西的牲口只能走外侧

以免货物擦到岩石

和树。　　"铺设整条木板路，

从下分水岭北岔，一路开道到这里，

这台板锯用得非常旧了。"

板锯切割机发出"哇哇"的声音。

———————————

① 道格拉斯冷杉，主要生长于北美洲西部，树皮沟槽较深。
② 希特卡云杉，最大的松树品种，高可达一百米，主要生长于阿拉斯加。
③ 埃尔瓦河小路，华盛顿州安吉利斯港西南方，全长 25.7 英里，常年
　通车。

"他们用了裂切链锯现在可能用不同的耙机

这台板锯已经用旧了。"

　　大约十二点三十分到达维斯基弯。

　　那低地的气息——

查尔斯·弗利尔在内华达山暴风雪中

（我当年并不知道）

查尔斯·弗利尔 ① 造火车车厢发了财。

世上他最爱的是艺术。

当东西还便宜时

他买了东亚艺术品——中国的，日本的——

在华盛顿的国家广场造了一座精致的石头建筑，

把很多宝贝，藏在地下室里。

——当我在北喀斯喀特山的

瞭望台度过了两个登山季，

在日本待了几年，

又多次攀登了西部雪山后

我来到华盛顿，请求一睹

————————————

① 查尔斯·弗利尔（Charles Freer，1854—1919），美国工业家、艺术收藏家和赞助人，以丰厚的美国、东亚、中东艺术品收藏闻名。

某本书上提到过的一轴手卷
保存在弗利尔艺术馆的《山河无尽图》
或是"溪山无尽"？我想弄明白
如此绵延的群山
囊括了世界的宽广景观，
艺术家是如何呈现的。

他们让我一次展开一米
且一直在旁监视——只许用铅笔做笔记
——回想起来，大概花了三小时。

然后慢慢将卷轴卷回起点。

为什么我万般呵护我的苹果电脑

因为它在遮光罩下沉思像一只栖息的猎鹰，

因为它跳起来像一匹劣马有时会把我掀下，

因为天冷时候它变得迟钝，

因为塑料是一种忧伤的硬邦邦的材料，对啮齿动
　　物充满吸引力，

因为它反复无常，

因为我的精神通过我的手指飞入它，

因为它前后跳荡，不停地嗅着、找着，

因为它键声嗒嗒，像冰雹落上了石头，

而关机的时候它会眨眼，

它帮我把一堆堆词语堆放进秘藏，一袋袋金子藏到
　　河床的大石头下，藤蔓上一个个相似的豆荚

强壮，或者它储存起一筐筐螺栓；

而我失去它们又找到它们，

因为全世界的作品都可以用黑体标示，可以强调
　　突出

而"删除"键一闪一切又都会消失，

所以它教导着无常和痛苦；

因为我的计算机和我，在这个世界上都很短暂，

都很愚蠢，而且我们都有尘世的宿命，

因为我让它跟我一起走进帐篷，

而每天早晨它跟我一起出门；

我们装满我们的篮子，回到家，

感到富足、悠闲，

我扔给它一片残渣它就哼哼。

阿尔忒弥斯 ① 和潘 ②

> 野蛮人的野性不过是好人与恋人相遇时那庄严慑
> 人的野性的微弱象征。
>
> ——亨利·戴维·梭罗

荒野之"境"

阿伊努语 ③，生物场，

感受那旷野；耳内；
眼外，轻微的吐吸——松松的膝盖

两条毛茸茸的灰色松鼠尾巴绕着灰色橡树皮

---

① 阿尔忒弥斯：月神和狩猎之神。
② 潘：人身羊足，头上长角的山林、畜牧之神。
③ 阿伊努语：日本北方的原住民阿伊努人的民族语言，至少有过19种方言，但一直没有文字。阿伊努人主要聚居在库页岛和北海道，注重灵性，是世上已知体毛最旺盛的人种之一。在阿伊努语中，"阿伊努"是"人"的意思。

抽打

狂野地淫荡，残忍地疏离

恋人们的野性

潘和阿尔忒弥斯

弓弦作响　或

无瞄准镜点 270 猎枪发出"噗"的一声

撂倒一头鹿

然后一起剥皮

吃灰烬上烤熟的

新鲜肝脏

在银色月光下

愤怒，牛，阿基里斯

我两个最好的朋友停止交谈

一个说他的愤怒跟阿基里斯 ① 的一样。

我们三人，曾经去沙漠旅行，

在边境以南干涸的河床上醒来

醒在鸟的歌声和铁木筛下的阳光里。

他们两个都是牧者。一个放牧牛和诗歌，

另一个，生意和书。

一个差点死于车祸但是慢慢康复

另一个放弃了所有朋友，

　　　　　躲在一座城市里

研究权力的细节。

────────────

① 阿基里斯：《荷马史诗》中最伟大的英雄，半人半神，其母亲为海洋女
神忒提斯（Thetis），父亲为英雄珀琉斯（Peleus）。《伊利亚特》以他的
两次愤怒为线索组织全篇。

一个我多年没见了，
另一个，最近在一家酒吧的最里面遇到，
乐手们在窗边演奏。他
动听地说："听听那音乐。

我们如此珍视的自我，很快就不在。"

给远方的梅丽莎的一封信

亲爱的梅丽莎，

我当然记得你

你头发曲卷

站在台阶边

在夸德拉岛

害羞地微笑

向你母亲吉恩问声好

我已不记得你妹妹的名字

这真让我不好意思

不过我依稀记得她的面孔

和那一份优雅从容

不是所有诗都要用韵字

但这一次

我回信，以你的方式

这得归功于你

是你让我用这种形式

因为真正的诗

诞生自无形处

那是我们的本初面目

禅宗有言，

戏玩之间。

因此，若这能使你的作家梦想可得

高兴的是你的新朋友

加里·斯奈德。

1986 年 11 月 24 日

第一轮酒

亚克托安 [1] 的猎犬之名

黑足

追踪者

贪吃的

瞪羚

山野突击手

小鹿杀手

飓风

猎人

有翅膀的

西尔凡 [2]

幽谷

牧羊人

抢夺者

———————

[1] 亚克托安（Actaeon）是古希腊神话中阿里斯塔俄斯和奥托诺耶的儿子，他是维奥蒂亚的英雄和猎人。据奥维德的《变形记》，他在基塞龙山上偶然看到月神阿耳忒弥斯沐浴，被月神变成一头鹿。他的猎犬们不再认识他，一起追逐这头鹿，并将之撕成碎片。

[2] 西尔凡（Sylvan），居住在森林中的精灵，也称作林仙、树精等。

捕手

赛马

切齿者

斑点

母老虎

威力

白

煤烟

斯巴达人

旋风

迅捷

塞浦路斯人

狼

钳子

黑

乱毛

暴怒

白牙

吠叫者

黑毛

野兽杀手

登山运动员

新墨西哥的古老遗传学

圣达菲，总督府里，这份十八世纪的遗传情况官
方列表：

> 西班牙人。白种人。但也可以是印第
> 安混血，或有足够金钱和恰当风度
> 即可。

> 印第安人。美洲原住民

> 梅斯蒂索人 ①。双亲分别为西班牙人与
> 印第安人

> 凯布拉多色人。"斑驳肤色者"——由
> 三向或更多向杂交而成的稀有种类。

---

① 梅斯蒂索人（Mestizo），西班牙语，意为混血儿。

白种人／非洲人／印第安人

穆拉托人①。祖上为白种人／非洲人

开欧特人。双亲为印第安人和印第安
混血

楼波人。双亲为印第安人加非洲人

赫尼萨罗人②（耶尼塞里）③。平原地区
的，被贩卖为奴的印第安俘虏

① 穆拉托人（Mulato），黑白混血。
② 在墨西哥方言里，赫尼萨罗人（Genizaro）是坎布霍人（cambujo）和契诺人（chino）的混血。
③ 耶尼塞里（Janissary），奥斯曼帝国的奴隶禁卫军。

一妻多夫制

以下种姓实行一妻多夫：

纳亚尔人、谭旦人 ① 和提亚人：

喀玛人 ②，如金匠、
铁匠、木匠、切砖匠、
钟铜匠和黄铜匠，

还有那些与科拉-克鲁普人结亲的种姓——

洗头工、按摩师和皮盾牌匠，
弓匠、革工、
占星家、洗衣工和理发师，

---

① 谭旦人（Thandanes）：传统从事与爬树有关的活计的印度种姓。
② 喀玛人（Kammalane）：印度南方的一个与神像、法器制作有关的种姓。

驱魔人和伞匠，
采药人和拜蛇神 ① 的歌者。

从喀拉拉邦 ② 的一端到另一端

全都遵从父系制度，除了纳亚尔人：
他们是玛鲁玛卡哈亚木，母系血统的
遵从者。

---

① Naga 为梵语及巴利语中的蛇神。
② 喀拉拉邦：位于印度西南部。

夜阑昼至

夜分两半

蛙叫

鸡鸣

晨昏交融

乌啼

明亮的地平线

白日微光

牛群颜色可辨。

日出

露晞

群牛离栏

——马达加斯加的安塔那那丽弗

第二部分

本地人

为什么加利福尼亚永远不会像托斯卡纳

很久以前在托斯卡纳 ① 和翁布里亚 ②，
一定有很多巨大的橡树、松树和雪松，
也许还有杜鹃树。
森林消失后几个世纪，他们开始用砖块和石头来
建造。

砖石筑成的农舍，坚固、防火，
有钢制百叶窗和铁门。

但是农耕方式改变了。
一九七○年，整片土地上
有六万间坚固、防火的意大利农舍，
闲置待售。

---

① 意大利的一个区，以美丽的风景和丰富的艺术遗产著名，佛罗伦萨是它
的首府。
② 意大利的另一个区，在托斯卡纳东面。

六万富裕的外国人，
来此修缮它们，
学习烹饪，写书。

但是在加利福尼亚，房屋全都是木头的——
通了公路，挖了下水道，埋了管线——
成千上万间房子，由刨花板、石膏夹板、灰泥制
　　成——

两百年后它们将不复存在——不是烧了就是烂了。

这里将没有漂亮、坚固的第二家乡
可供给千年后有钱的
美拉尼西亚或爱斯基摩艺术家和作家，

——很快，橡树和松树就会回来。

星期天

是的，我知道星期天是安息日

但是谁会守安息日呢？

除了贝瑞 ①。好诗。

碰巧，几星期来

我第一次

从杂务和承诺中脱身，

阀门破了，账单也该付了，

我想我将花点时间

给狗梳梳毛。她喜欢这样。

羊毛剪的皮套又干又硬，

还有卷尺和斧子也都该上油了——

读茄子色拉菜谱，

这些不算工作——

_____

① 温德尔·贝瑞（1934— ）：美国诗人、小说家、随笔作家、环境保护
主义者，他于 1979 年开始写 "安息日诗歌"（Sabbath poems）。

然后出门远足

去山猫窝，去砾石滩，

希望今天不会有野火烧起

——我将走到那里然后折回

也许稍微，

玩一会儿。

迈克尔·德·汤贝
在河谷边的家中

迈克尔·克利格鲁·德·汤贝 ① 的家

在陡峭的南河谷上方一片优美的石崖上

隔着巨大的老橡树林，枕着远处咆哮的河水

入睡。这原是一处破旧小房子

一个伐木工人和他的家人孩子曾经住过，后来搬

　　走了

这么高的坡上居然有一眼常年喷涌的泉水，好一

　　个惊喜——

迈克尔和托维，西奥和麦克，朱莉和查

一起把这里变成了好地方。还有牛和鸡，花园和

　　池塘

---

① 迈克尔·克利格鲁·德·汤贝：美籍荷兰人，居住在加州圣华金，作
　家、画家、前南桉叶河公民团主席。早年曾任《纽约时报》、《大西洋月
　刊》编辑，后移居加州，积极参与"反核运动"和"桉叶河保护运动"。
　2003年12月8日离世，享年62岁。诗中提到了他的妻子托维，两个
　儿子西奥和麦克，两个女儿朱莉和查。

谷仓和画室，书籍和绘画，
都一再成全此处，还有祖父的日本军刀
那是天皇的礼物！
河谷上面，刚从秃山下来的地方，
山坡和云朵的图画，深蓝色的天空，
回响的海螺，佛教咒语，微笑和远足。

疯子迈克尔，天才，领导者，爱幻想的
　　操英语、荷兰语的龟岛长老，
就在这间屋子里躺着，肿瘤
朋友们和念珠陪伴着他，
安抚着他们，宽慰着他们，他十分清醒

十分清醒，悄悄脱身而去。

小圃千浦 ① 的月亮

晚上七点，沿着北太浩湖 ② 喧闹、繁忙的湖边公
　路走——
十月初，暮色已深，摇晃的房子，破旧的汽车旅馆
在沿湖的街边，一道橘黄色
塑料篱笆挡住了
那些想去海滩的人，那里正在
为游客新造整片的建筑。
我住在"炉光客栈"，空间局促，建在一个空池塘
附近，服务员身材苗条金发碧眼带有口音，
她说是波兰人，但已在这里好些年了
打算留下来。她长得漂亮，
又了解年轻人的生活，在太浩湖的水与雪的世

---

① 小圃千浦（Chiura Obata，1885—1975），日裔美国画家，以用日本传统
　绘画法描绘加州风景尤其是优胜美地国家公园的风景著名。
② 太浩湖，又译作塔霍湖，位于美国加州与内华达州边界，是美国第二深
　的湖泊和北美最大的高山湖泊。太浩湖是著名度假区，一年四季吸引着
　众多游客。

界里。

继续走，店面屋的招牌上写着"桑丘玉米饼"。

西南角的天边，金星十分明亮，

今晚天空如此清澈，紫罗兰色，

两根松树树干和那初升的新月——

在天空的映衬下，成材的雪地黄松高大挺拔

走进桑丘店——我原本没有打算进去——

但它的菜单上不止有玉米饼。

三个户外打扮，生龙活虎的年轻人刚从

某个山脊徒步回来，在角落里饮酒大笑。

桑丘是益格鲁人！长着一撮小胡子，笑带讥讽。

我决定去吃晚饭——要一份全熟的罗非鱼，

从前没有在墨西哥菜单上见过。

南希·杰克·托德①的影响。三十年前的某篇文章

谈到淡水罗非鱼，小鲦鱼的表亲，

最初来自非洲，你可以在温室的鱼缸里养殖——

这种鱼或许能帮助我们这些"回归大地者"

获得优质蛋白，或许还能喂养全世界。

南望湖泊渐渐黯淡，身后传来徒步者的

---

① 南希·杰克·托德：美国著名的生态保护主义者，呼吁人们回归大地，
在城市里开展小面积耕作，实现粮食自给，著作包括《安全与可持续的
世界：生态设计的未来》等。

闲聊，来对地方了——

罗非鱼、米饭、豆子，晚餐热乎乎地上来，味道
　不错。

露天平台上，月亮和金星已移动位置：

我看见小圃千浦作于一九三〇年的木版画，

优胜美地的黄昏——高耸的蓝色悬崖、松树、新月。

如何认识鸟

你所在的地方
一年中的时令

它们怎么飞？在草地、灌木丛、森林
　　　岩石还是在芦苇荡？是独自闲逛
　　　还是成群结队，抑或三三两两？

大小、速度和飞翔类型

怪癖。颤尾巴，抖翅膀，上下摆动——
你能否看清它们吃什么？

怎么叫，怎么唱？

最后，若有机会，你是否看清了它们的颜色，
羽毛的图案——条纹、斑点、色块

这些将为你提供细节，帮你找到鸟的名字

不过

你早已认识这只鸟。

春耕之始想起托马斯·杰斐逊

用沉重的佃农曲面铲
撬动这依然湿冷板结的土地

最终我读完了托马斯·杰斐逊的生平传记
现在我俩岁数相当
——八十——只不过我孤身一人，与狗相伴
在一个春天的小园子里铲土
而他有几百个劳力
为他种植庄稼修理房屋，他自己则
主要从事写信和思考——思考
真正的民主是帮助每个人
为自己而劳动。这说明
我们必须在所有邻居的帮助下才能
思考，明知是胡说八道
却听之任之
——要自由就是要超越太多孤单固执

迷惘的个人私欲。到底是什么私欲？

要东西？还是要一些小小的好处？

于是互相妥协。这个过程中杰斐逊在哪里——我

    一面想着——

猛地一铲土块，把冬天的草根团块抛

                           到一边

挖出坑来，种入一些亚洲茄子

那种抹上姜末烧烤的细长茄子

每个人可自由选择参加工作和

游玩

可有权摆脱"我执"

在一个既平等又有等级制度的

世界里。但是他拥有奴隶

于是从没有想透这个问题。

而且汤姆还拥有麦迪逊和亚当斯这样的朋友

可以诚实地把他驳倒，对他解释

他理想中存在的罅隙；

现在——两百年以后

在这片大陆最西边的海岸线

在这顽强的山地松的土地上

我们给他的思想再添把劲

不管他曾想过我们能做什么

托马斯·杰斐逊：永远为时不晚，

也不必想透，

你随时可以捡起一把锄头——

让你的人民走。①

---

① 引自《旧约·出埃及记》8：20：耶和华这样说，容我的百姓走，好侍
奉我。

80 号公路上的原木运输车

在 80 号公路上一路西行
山谷前的最后一道斜坡上，
驶过一辆满载的原木运输车
香柏树，树皮布满纤维
看着前方的车道
思绪漫游回群山。
向左跨过河流
到森林山，
或向后到邓肯峡谷，
或往南到水手草甸——
暗黑的森林掠过脑际。
看老松树和冷杉下，
峡谷浓荫密布，溪渠枝叶缠绕，
而那里：一些新砍的雪松树桩。

      一人正在打盹，身边放着他的锯子
        午饭后

夜晚的故事

在土人时代的加利福尼亚，冬天是讲故事时间

昨天白天我大部分时间都在对付瘫痪的系统。
一号发动机、二号发动机、老旧的濒临淘汰的三
号发动机，
电池组、巨大的电荷轨迹逆变器——太阳能
板——
统统罢工——在早晨冷飕飕的黑暗中——
还是回到过去吧。煤油灯——蜡烛——烧柴的炉
子从不出错——
那备用的三号本田发动机，是循环故障？还是缠
人的逆电器里的继电器启动了容积充电？

绿色的昂南 ① 大机器——以丙烷为燃料——无法

_____

① 昂南：电机生产厂家。

启动——
（有次曾发现是一个空气清洁器被阻塞；吹喷油
滴在深处积聚流溢。）

（我努力记住，机器总是能修好的——但准备放
弃这一天的计划——回到手工劳动——叫来更懂
行的朋友——煮茶——把工具和麻烦都放下，开
始享受这一天。）

我们住这儿的头十五年，煤油灯。厚重的屋瓦隐
在高大的黑橡树树荫里，早在白人出现之前这些
树就在这儿了；

谢莉，西格弗莱德长久的女友和伴侣，随时可能
到来，开一辆九吨卡车，装着四分之三英寸厚的
碎石。每个冬天烂泥吞尽砂砾，想在浸透一切的
冬雨和融雪中保住几条坚硬的路，需未雨绸缪。
你还得在路旁挖排水沟。

一九六二年与琼妮一起穿越九州岛，在广岛一带
转悠。
繁忙的街道和咖啡店，碧绿的树和花园，一个生

机盎然的地方。

但在阿苏山，岛屿中部三十英里方圆的庞大火山口，看到长崎来的观光客，他们是那些日子的幸存者，被烧灼过的脸上留有扭曲、发亮的疤痕。之后，读了《赤足小子》①。

核弹让我心烦躁，是因为它能量过大。
如此就有诱惑，让人想当……老大。
率先成为“世界之帝”。
此梦尚未实现。若不改弦易辙，就会直奔那里。

我永远不会成为一名穆斯林、基督徒或犹太教徒，因为“十诫”缺乏道德上的严密性。《圣经》的“不可杀戮”没有顾及其他生物。

那会是怎样？他们以为这是怎样一个世界？
不考虑所有那些扭动的触须和小小的鳍，刺毛，黏滑的脖颈——夜色里闪烁的眼睛——雪地上的爪痕。

---

① 《赤足小子》：中泽启治的多卷漫画集，讲述原子弹爆炸幸存者的故事。

还有另一原因，受不了"当我面，无他神"——
之类，
面对权能，羡慕，嫉妒，深深地焦虑，
那是什么样的神？
时刻忧心忡忡？
许多小小神灵正等着一显身手以发现自身的力
量呢。

在北印度，公元四世纪，一位佛教坦陀罗 ① 女
教师
说："西方称作耶和华的那个神，的确不凡。但太
糟糕的是，他竟疯狂自称
世界的造物主。"
一个能让你付出惨重代价的妄想。

但还是回头说能源吧。我会修好昂南电机，放弃
三号电机，它无可救药了
下次要买一个铸铁的、水冷的替补电机，
一份长达数世纪的保修期——安装更多的太阳能

---

① 坦陀罗是一个重要的印度哲学体系。Tantra 一词原义为"编织、体系"。
坦陀罗密教主张世界是一体的，不可从中分出低级的和高级的，高中包
含着低，低中包含着高。

板——

昔日这里，方圆三十英尺的人们，住在地球的温
暖小屋里
点松明子作他们的蜡烛，
一场场雪飘过从前所有世纪——
炭火之光和松明燃烧着——

夜里把故事讲，不需要太多光。

2009 年 3 月

鹅湖晨曲

猎户座，昂宿星团，行于天，司于东方
须臾，白光闪耀山峦，
五车二①星辰几许？欲数已迟
东边日光愈强，群星渐趋暗淡

野地鹅声催人醒

乌鸦，知更，啄木鸟　　　卡车嘟囔
我们昼行的日光明目草②开始绽放

听鹅声告别昨日星影
远处母牛哞叫着黎明。

---

① 五车二是御夫座最亮的恒星，也是天空第六亮的星星，看似一颗星，实
则由四颗组成。其英文名来自拉丁文，原义为"小山羊"。

② 明目草，也称小米草，是生长在美洲大陆的一种野生植物，可舒缓因季
节更替引起的眼睛发痒和红肿等过敏现象。

旅行至俄勒冈州沙漠高原的马卢尔湖野生动植物保护区，第一晚睡在俄勒冈和加利福尼亚边境鹅湖边的小野营地。和卡萝尔、美嘉、罗宾一起——

1990 年 8 月

第二轮酒

修复系统

在高不见顶、深不见底的，
　　　　空旷蓝天下
双脚双手着地，
　　　　透过小孔俯看

渗漏的闸阀，滴呀滴

年轻人在泡沫
　　　　浮泛的浅滩冲浪
　　　　玩疯了的狗追咬着浪花
木料卡车隆隆驶过大桥。

　　　　门多西诺的大河

看一只小鸟飞掠而下
栖息在直立水管的龙头上
啜饮着水滴

每个阀门
渗漏一小点
水流

就无止无休。

"重新发明北美"

住在沙斯塔国的

龟岛的西部边缘

这里的人民有土著、欧洲人、非洲人、亚洲人、

　　混血的麦士蒂索人，

太平洋人和新美洲人——龟岛人——

这里的主要语言还是美洲话

在智人纪元五万年。

天上来

        沙丘鹤正在离去
天空回荡着号音
来自中美洲的鸣禽
准备着陆。
轻快地掠过灌木丛
        地面上积雪处处
卡车仍是四驱。

此间

黑暗中
（新月已沉）

微风中一声轻鸣
是高空翱翔的飞机留下的声音
它早已无踪无影

某颗行星
正从东方升起　　闪耀着
透过树林

许多年前的往昔，我曾想：

我们何故居于此间？

2009 年 8 月 30 日

第三部分

祖先们

埃菲尔苔原

优美。几百万个铆钉，循着弧形，将钢板向上铆接成网。可以步行上第一层，或乘坐微微倾斜的索道电梯，电梯分上下两层，均可运载乘客。到达第一层，这一层有大型高档餐厅，还有"小酒馆"之类和一些关于塔的建造的展览。再向上几百英尺到达更高一层，这一层相对较小，有观景台，一些地方用玻璃围住，一些没有；还有一个可以站着喝咖啡的地方。从这里你可以乘电梯直达顶部。考虑到运载量，这算是一架快速电梯了。顶部有两层。较低的一层四周用玻璃围住；走到上层你就站在风里了。在那之上一百英尺左右，有一个控制室与之相连。一根高高的天线杆上镶嵌着电子设备、中继器，应有尽有。当他们建造埃菲尔铁塔时，不曾想过将来它会在电子业方面有什么用处。每个人都裹得暖暖的，免不了还有几个东亚人，并不拥挤，但——这些人

真耐寒啊！我不慌不忙，从玻璃保护罩后面向下
看，避开风，端详城市的每一个区域——对照着
地图，花半小时研究城市的每个街区每个部分。
这远非网格状城镇，虽然经常叮见星形辐射状道
路，尤其是从凯旋门向外辐射的道路。据说每五
年整座塔粉刷一次。

    寒风，空气灰暗、迷蒙，
    俯视着苔原，冻土胀裂的图案，丰富的
      多边形，

    依稀可见欧洲野牛和猛犸象吃着草，在
      雾中。

杀

女人参与猎杀
女人率先猎杀
女人猎杀了猎杀 ①
三条垂直的直线　　刺青

在刮光拔净的男人 ② 身上。

穿过　　　　　　超越

生，越过死。

　　　卡拉哈里沙漠做的梦，博茨瓦纳，1994 年

_____

① 原文为 Kill the kill，第二个 kill 为名词，可指猎杀的动作，也可指被猎
　杀的猎物。在汉语中无法找到对应的词，选了第一重意思。
② 原文为 "Mon"，在条顿语中是 "man" 的古老变体。

爪印／肇因 ①

致禅心魏伦 ②

"曲线"是优美的爪子留痕，
　　语法是一行编织、雕刻的

爪印，蜥蜴的滑行，砾石的
崩塌。冰川刮过基岩，
海滩上的波浪线。

说着："这曾是我"
时间和空间留下的粪便痕迹

语言是　　屎、爪子或舌头

————————

① 原文标题为 Claws/Cause，两个词的音和形都很相近，因而译作"爪印／
肇因"。
② 诗人菲力普·魏伦，斯奈德的好友。

"舌"这个词，带着它所有的颤动
或许可用来指

性，和　　命。
单单一个吻　一个小小的肇因（爪印）

——如此宏大的果（文本）

2000 年

韩国海印寺 ①
全套大藏经雕版刻本
所在地

清晨四点，沙土的庭院，猎户座上升

大鼓　　　隆隆作响
自漆绘的钟楼传来
　　而后响起当当的钟声

再上一段阶梯，大殿里
正在早课
　　沿着斜坡又登上一层，
　　是藏经堂，储藏着
　　全部桦木雕版。

———————————

① 海印寺：韩国三大古寺之一，藏有八万大藏经的木刻板，历经多次浩
劫，完好无损。

千余卷三藏经

八万雕版层层叠叠。

镂空的花窗使经堂保持阴凉

——一块雕版上这样写:

依般若波罗蜜多:

意即是妙,

在,空相;

色即是空

这些不褪色的深深的鞠躬啊

韩国,2000 年 10 月

佛罗伦萨的青年大卫，绝杀之前

米开朗基罗的大卫不是赳赳武夫，

他不只是一个英俊男孩——更是一名沉着青年。

重心放在右腿，目视左侧

眉头微皱，计算着，估量着

　　　　　　经文说此时哥利亚 ① 已倒下。

左臂抬向左肩和石子囊，

右手垂于身旁，

攥着长长的

　　　　投石皮索 ② 两端——他还没有

扔出石块。纹丝不动地站着，站在一个很深的
　地方

在时间的枢纽里

———————

① 大卫是《圣经》中的少年英雄，曾杀死侵略犹太人的非利士巨人哥利亚，保卫了祖国的城市和人民。

② 投石皮索里装着大卫杀死哥利亚的投石器。

温和

和赤裸的优雅。

翡冷翠 [①] 2004 年

---

① 原文为 Firenze，"佛罗伦萨"的意大利文写法，故译作"翡冷翠"。

牧溪的柿子

大厅的后墙上
侧门玻璃照亮的

是牧溪 ① 伟大的
水墨画《六柿图》

轴上垂下的风镇
使画幅纹丝不动。

我要说，这是世上最好的
柿子

"色即是空"的

———————

① 南宋禅僧画家，生卒年不详，其画简洁、拙朴、清幽。在日本深受推
崇，被奉为"禅余画派"的鼻祖之一。日本幕府收藏品中将他的作品列
为上上品。他的《六柿图》被公认为禅画中的经典之作。

完美展现

细枝和叶柄还在上面，
即便今天，人们售卖柿子时
也还如此。

真迹收藏在京都一间
怡人的临济禅寺，每年
展出一次

这一件是来自便利堂 ① 的仿制品
我在裱画师的建议下
自己选定了装裱配件

每年秋天我都挂它。

现在，面对这些来自迈克和芭芭拉
果园的熟透的柿子。
我手拿纸巾，

① 京都便利堂是创立于 1888 年的老店，专售和风明信片、信封、挂轴、
缩小屏风、色纸等物。

在水槽边弯下腰

捏着柿子的细枝

吸着橙色的甜糊糊

这是我喜欢的吃法

那些画中柿子

确能治愈饥饿

（道元禅师①："除了图画里的米糕，
再无其他能治饥饿。"1242 年 11 月）

---

① 道元禅师（1200—1253）：京都人，日本佛教曹洞宗创始人，永平寺的
开创者。他曾到中国径山等佛教圣地游历，是日本佛教史上最具哲理的
思想家，著有《正眼法藏》（九十五卷）。

伏尔塔瓦河 ① 河湾

站在布拉格的石桥上
看桥下水流回旋、泼溅
冲刷着磨坊的石渠

泡沫暗黑，
想着不久我将离开，
这飞鸟居住的地方，这城镇，

它的所有台阶和人行道，
水沟和闸门
把水引入河流

奋力流向易北，

---

① 伏尔塔瓦河是捷克的母亲河，全长 435 公里，是捷克最长的河流，源于
黑山，先向东南而后向北穿越波希米亚森林，在布拉格以北 29 公里处
的梅尔尼克注入易北河。

汉堡、北海，
曲折的小河

在我走过的每个地方
我都看见你的水
——赫拉德城堡① 边你那宽广的河湾——

　　　当我穿上飞行鞋

　　　往西飞驰回家乡的河流

　　　我会记得你，伏尔塔瓦河。

---

① 即布拉格城堡。

德尔菲神庙 ①

  德尔菲神庙坐落于离海八到十英里的内陆，海拔约一千五百米。其上是陡峭的岩壁。群山由裸露的岩层和灌木组成。俨然有序，盛大宽广，我们在"欧洲文化的中心"了。德尔菲的神谕之力持续了近两千年，最后在公元三八五年被狄奥多西一世 ② 关闭。

  一条小溪从返回帕纳索斯山 ③ 的深谷流出，给净化朝圣者的"灵感之泉"供水。在一道石缝里，一个预先拣选之地，我献上了从龟岛带来的供品：一块巨大的石英水晶、一根头盔上的羽毛、一只黑熊爪、一颗菩提子和本地烟草。颂唱

---

① 德尔菲神庙在距雅典 150 公里的帕那索斯深山里，古希腊人认为德尔菲是地球的中心，是"地球的肚脐"。

② 狄奥多西一世（约 346—395 年）：最后一位统治统一的罗马帝国的皇帝，在位期间禁止异教崇拜。

③ 帕纳索斯山：古希腊神话传说中的圣山，山上居住着阿波罗和文艺女神缪斯们。

了《大悲咒》。那晚我们分享了诗歌。

我在游客之家

和希腊诗人、教师、作家们一起，

在灌木覆盖的石坡上

在德尔菲神庙的废墟中

一位可爱的年轻诗人用希腊文

大声朗诵

我为你写的诗，

使我瞬间神游回京都，

四十年前

老李树旁的庙里有间屋子

一天晚上我在那里梦见了你

再往前回溯八年，

回到一座苹果园，

我们在树荫下交欢

蜷缩在一起，欢乐，碧绿

即便当时我也知道

我再不会有那样的感觉

和任何人，

不会再有。

1998 年 12 月 5 日

野火新闻

数百万年，

数亿年

火在烧。火追着火。

火狂暴地席卷着森林和雨林，

巨蜥狂奔而去

长长的脖子探出大海

吃惊地看着陆地——

火追着火。闪电数以千计地

劈来，就像今天。

火山喷发，火在大地上流淌。

巨大的红杉　两英尺厚的耐火树皮

这些属火的松树，它们的松塔热爱高温，

要说花了多长时间，

它们才把各大洲这样盖遍

一百万 ① 个千禧年或更久。

---

① 原文为十洛（Lakh）个千禧年，洛为佛教单位，一洛为十万。

我必须放慢思绪。

放慢思绪

罗马是用一天建成的。

奥茨 ^① 穿越

我的结论是，他当时正在穿越群山，去山那边他
女儿居住的地方。他的箭筒里还有未用完的箭，
本可撑过一个冬天，然后他会在翌年春天返回
山南。

莫雷蒂和我花了一天时间，在伯尔萨诺^②研究
他的工具、衣服、草药、打火石，有关他的一
切——随后，当我们爬上塞拉关隘附近的多勒马
特山脊时，我发现我们眺望的远山正是他当年真
真切切走过的地方——于是一切都理清楚了。

---

① 奥茨（Otzi）是5300年前的一具木乃伊，也是世界上最古老的木乃伊，
　他的背上中了一箭，他的手臂被搬运者瑞纳·亨恩扭断。
② 伯尔萨诺：意大利北部城市。

他走过的路

他稳步上坡——基岩和一丛丛植物——风吹进耳朵，胡子在微风中轻轻飘拂——西边飘来低低的云团——穿过层层山巅；缝隙间可见蓝天——远处，灰白色的云团罩住山脊。视线越过峡谷，可以看到更远处一块块青色的云影和阳光——微风更为柔和——现在变成了雪，太阳躲到了云层后面，但依然有很多光。

膝盖酸痛，肩膀疼痛——但——马上就要踏上冰原了，穿越它，下到山的另一边，下面有更多雪、岩石和冷杉。这一刻太阳和风——我的小刀、我的火盒、我的女儿、这孤寂的路。

4000 年前。2004 年 9 月 22 日。

第三轮酒

伊努皮克价值观 ①

幽默

分享

谦卑

勤奋

灵性

合作

家庭角色

避免冲突

打猎荣耀

家务技能

热爱孩子

尊敬自然

尊敬他人

---

① 这首诗是斯奈德从阿拉斯加西北部一间教室的墙壁上抄写下来的，它原本是一张海报大小的公告，用来阐明伊努皮克人的基本价值观。

尊敬长者

部落责任

语言知识

族谱知识

阿拉斯加州科伯克一所小学校的教室墙壁上，

林木线 ① 以南一点点。

---

① 林木线（Tree-line）：生态学、环境学及地理学中的一个概念。在该线以
内，植物可正常生长，一旦逾越该线，大部分植物会因为风力、水源、
土壤或气候等其他原因而无法生长。

来自意大利的七首短诗

罗　马

重造，用古老建筑的古老石块
古老砖石建造在更古老的石头上
——永恒变迁的语言
破碎崩坍的堆积体再次成为斜坡

胜利纪念碑

堆叠在古罗马广场的废墟上
　　——岁月之尘，尘上堆尘

（罗马）

阿夸彭登泰[1]森林

山腰的牛棚

木质草叉博物馆

仿真塑料牛群在院子里，

"米开朗基罗的奶牛雕塑广场"

（托斯卡纳）

马里马[2]

在马里马地区的梅萨悬崖边缘

白色的牛群，白色的马群，

毛发蓬松缓缓漫步的狗

（皮蒂利亚诺[3]）

---

[1] 阿夸彭登泰：意大利拉齐奥大区维泰博省的一个城镇。
[2] 马里马属于意大利托斯卡纳地区，以牧羊犬、畜牧业著名，被认为是犹太人的故乡。
[3] 皮蒂利亚诺：意大利格罗塞托省的一个城镇。

波河①边的商用杨树

制纸浆用的树林

如此凉爽，如此繁茂！

每十二年砍伐一次

森林岛②

浓密幽深的树林

爬藤植物遍布，

覆盖了波河　　苍鹭

雏鹰

巨鹰

（波河山谷）

———————————

① 波河：意大利最大河流，发源于意大利与法国交界处海拔 3841 米的维索山，注入亚得里亚海。
② 这个小标题用了意大利语和英语两种语言来表达，下文的"雏鹰"和"巨鹰"也用了两种语言。

塞拉山口下的公路旁

斜靠在
　　长椅上直直地仰视
　　蓝天大教堂

　　所有那些我们将需要的教堂

（上阿迪杰）

荒野苦行、实修和静观 ①

荒野的闪光之道
　　　　——它静观的
是：世界不仁，短暂，常有伤痛
　　　　它的苦行：
寒冷，饥饿，愚蠢的错误，苦楚，妄想，孤独；
艰难的黑夜白天　　　　无法避免

　　　而要实修就是要
坚持，参透，密切关注当下，
盘腿和凝视，　　　荒野的闪光之道

来自从前，和 1994 年 9 月 4 日

---

① 标题中的 Theôria 为拉丁文，其希腊语词源为 "θεωρια"。该词与柏拉图
相关，指不依赖外物的非功利性旁观（look-on，contemplation）。这里
根据诗中上下文意思译为 "静观"。

第四部分

这就走吧

这就走吧 ①

你不会想要读这些，

读者，

警告你：转身

离开黑暗，

马上走开。

——关于死亡和

爱人之死——它不是某种模糊的冥想

不是布道，不是反讽，

没有神或启示，没有

对生命结束的——接受——

或抗拒。

它是关于眼睛如何

———————

① 此诗悼念斯奈德的第四任妻子卡萝尔，她于 2006 年离世。

陷落，牙齿如何凸出

在温暖的几日后。

她最后的

呼吸来临。而我依然没有准备好

迎接那呼吸，那最后的呼吸，最终

到来。漫长的十年后。

那么瘦，以至于关节毕显，

还有每一条肌肉和筋腱

绝食后的释迦牟尼

从山上下来

看起来比她还胖些

    "我遇到一具行走的

        骷髅，他的名字叫托马斯·奎因"①——

我们那时候

曾经唱

她几乎无法走路，但她唱了。

每晚我给她吃药，这是一件

艰难的工作，然后我们总是甜蜜而狂热地接吻；

用力接吻，我们的牙齿"咔嗒"作响，她的

---

① 歌词出自纺织乐队演唱的《阿肯色州》。

嘴唇发干，狂野，她全身只有

骨头、呼吸和眼睛。

我们已有八年没有做爱

她腰际的凹穴一直在

塌陷，新的继续增加，

已是残局——当她有力气时她说说话。

女儿们、母亲、姐妹、表亲、朋友们

进进出出。甚至那

硬心肠的关怀医院护士也潸然泪下。

"晚安，亲爱的。该走了。"

我们的二重唱，脸贴着脸，

如此度过最后六个星期

她看着窗外树上

小小的筑巢鸟。

随后去世。

我擦拭了她的身体，给她穿上寿衣

衣袖遮住骨瘦如柴的肘部

一条薄纱裙

像穆塔兹·马哈尔 ①——

我孤身一人。然后他们来了。

一个女儿哭出声来

"她成了尸体!"僵直地站在

外面的露台。天气暖和。

第三天

殡仪馆的车来运她，

车子一直倒到门边，

我帮忙把她卷进床单

送到轮床上，推进车里

他们把车开上砂石坡道

家人们默默站在那里

我转身，屏住呼吸，

闭上双眼，仰面朝天。

发了五天烧，他们打电话给我，

只有凯和我，去看火化。

需要额外付费。只有我们俩

———————

① 穆塔兹·马哈尔：印度王沙·贾汉的第二任妻子，在生产第十四个孩子时去世，时年 39 岁。极度伤心的国王为纪念她，举全国之力建造了泰姬陵。

想要去那里，去看看。

我们跟着长轿车

穿过水泥的院子，装料斗里装着砂石

穿过大门，来到

一间杂草丛生的

铁皮库房，曾经的修车厂

来到这个有炉子和烟囱的房间，

看起来像陶工用的窑炉，

纸板棺材

堆叠着　　四周空荡荡的。

坐在桌前的年轻人

填好表格，流着汗，当我们

摆好香烛和铃铛，

我走向那轻薄的纸板棺材

打开盖子，迎面扑来浓重的气味。

我曾以为殡仪馆

会有制冷设备

就像那种人能走进去的大冰箱

也许他们有。但没什么用。

她消瘦的脸陷落得更深了，脱水了，

眼睛依然睁着，但是黯然无光，牙齿更大了，她

　　的身体，
的确是她的身体，我亲爱的女人的身体
只剩了轮廓，我放了两本书在
她胸前，两本她生前所写的书，
　去送她上路，看了
　　　　又看，
然后合上　　然后点点头。

他推到炉子边，把盒子
轻轻送进去，关上炉门，
好像在装填鱼雷
我们点起香，唱诵
经文，为一切无常，所有曾经活过
或即将来到世间的；那些只用魔法写成
只为死者唱诵的词句——不是为你，亲爱的读者——
看着炉子的温度，
丙烷燃烧的火焰，稳稳上升。
那么，我们这就走吧。
也许我知道她去了哪里——

凯和我再次
深呼吸

——这便是依恋的代价吧——

"值得的。很值——"

依然爱着，在那里，
看着，闻着，感受着它，
想着永别，

甚至那气味也值。

这生生不息

不断成为

往昔的

当下

注释和说明

第一部分 边地人

《疙疙瘩瘩》

2002 年版，2012 年版。2014 年 9 月修订并寄给格伦·斯托海格（Glenn Storhaug），请他发表。2015 年 1 月，依然收入诗集。

《地球上的荒野之地》

这首诗遗佚多年，后重新发现。除了可能在二十世纪七十年代发表过一次，我不记得在其他什么地方发表过了。

《西伯利亚边哨》

这首诗写于谢拉高原最南端。最初和其他几首一起发表在《美国学者》（The American Scholar）上。所谓"西伯利亚边哨"其实是加利福尼亚荒野中的一个邮站，在太平洋屋脊徒步道上，离西伯利亚山口不远。西伯利亚没有狐尾松。

《埃尔瓦河》

这条大河从华盛顿州的奥林匹克山穿行而出。埃尔瓦部落为拆除大坝努力了多年。2011 年，河流终于畅通无阻了，鲑鱼很快就长途跋涉游往源头。这首诗另有一个更长的版本，在我 1964 年为长诗《山河无尽》(*Mountains and Rivers Without End*) 所做的注释中，不过这些注释并未发表。这个版本来自《在那雷鸟稍作休息，等待歌声回来的地方》(*Where the Thunderbird Rests His Head and Waits for the Songs of Return*，凯特·雷维和爱丽丝·德瑞合编，华盛顿州斯奎姆：瑞姆斯通艺术，2011 年)。

《查尔斯·弗利尔在暴风雪中》，发表于《双体船》(*Catamaran*) 文学杂志。

《我的苹果电脑》

这首诗也像一只不辞而别的猫一样，出门浪荡了多年，直到有人发现它在《纽约时报》上。它的命运与萨福的诗颇为相似，似乎也被人拿来包裹鲜鱼了。

《阿尔忒弥斯和潘》

最初发表在安·谢尔伯格（Ann Kjellborg）的《小星星》（*Little Star*）上。

《愤怒，牛，阿基里斯》

这总是让我惊奇，读者中有多少人知道"布里塞伊斯"，那个阿基里斯如此深爱的姑娘。首发于《小星星》。

《给远方的梅丽莎的一封信》

这个女孩住在不列颠哥伦比亚省佐治亚海峡的一座岛上。因为她曾写给我一封从头到尾押韵的信，跟我谈论诗歌，我写了这首诗作为回应。当年她大约13岁。现在她在温哥华做一个"小丑加冒险家的流浪艺人"。这首诗也首发在《美国学者》。

第一轮酒（"flight"在这里的意义与品酒中的一套酒相关）

《亚克托安的猎犬》由弗兰克·贾斯特斯·米勒（Frank Justus Miller）译自奥维德的拉丁文字。

《新墨西哥的古老遗传学》，来自圣达菲的总督府，为博物馆展品。

《一妻多夫制》，来自一本谈论印度西南部喀拉拉邦一妻多夫制的书。

《夜阑昼至》，来自马达加斯加。

第二部分　本地人

《为什么加利福尼亚不会像托斯卡纳》，最初发表于《美国学者》。

《星期天》，写给温德尔·贝瑞。

《夜晚的故事》，最初发表于《美国学者》。

第三部分　祖先们

《爪印／肇因》，写给菲力普。

《牧溪的柿子》，发表于《纽约客》。

《伏尔塔瓦河河湾》、《野火新闻》，发表于《年轮》。

致　谢

以下是一份不完整的名单，他们生活在这个星球的各个地区，对于我五花八门的工作来说，他们曾是挑战者、老师和朋友——

东亚——

我要感谢北岛、山里胜己（Yamazato Katsunori）、原成兆（Hara Shigeyoshi）、布鲁斯·贝利（Bruce Bailey）、大江健三郎（Oe Kenzaburo）、谷川俊太郎（Tanikawa Shuntaro）的洞见和谈话；还有伟大的韩国诗人高银（Ko Un）。

欧亚大陆——

特别感谢伊莉娜·迪亚特洛夫斯卡雅（Irina Dyatlovskaya）帮助我理解俄罗斯和布里亚特人对近几十年历史的看法；捷克的思想家和作家鲁伯斯·斯尼泽克（Lubos Snizek）；意大利生态区域主义者、

编辑、翻译家及农场主朱塞佩·莫雷蒂（Giuseppe Moretti）；忘我奉献的翻译家丽塔·德里·埃塞普蒂（Rita degli Esposti）和基娅拉·德奥塔夫（Chiara D'Ottavi），也都是意大利人。

非洲——

茱莉亚·马丁（Julia Martin）

西班牙语-加泰罗尼亚语翻译家、不知疲倦的人权运动家、巴塞罗那的何塞·路易斯·雷戈诺（Jose Luis Regojo）；马德里的伊格纳西奥·费尔南德斯（Ignacio Fernandez）；还有我最终在东京见到的爱沙尼亚诗人扬·卡普林斯基（Jaan Kaplinski）。

中太平洋——

杨小娜（Shawna Yang Ryan）

龟岛——

温哥华岛和奇尔科廷高原的约翰·施赖伯（John Schreiber）；简·兹维基（Jan Zwicky）和罗伯特·布林霍斯特（Robert Bringhurst），一个以佐治亚海峡为基地的令人敬畏的团队；

皮吉特湾的凯特·雷维（Kate Reavey）、蒂姆·麦克纳尔蒂（Tim McNulty）和赤松（Red Pine，即比尔·波特）；

哥伦比亚河的亚罗德·拉姆齐（Jarold Ramsey）、比尔·贝克（Bill Baker）、理查德·布里克勒（Richard Blickle）、罗斯玛丽·伯利曼（Rosemary Berleman）和娥苏拉·勒瑰恩（Ursula Le Guin）；德舒特的林务官迈克尔·基翁（Michael Keown）；加州北海岸的圣贤吉姆·道奇（Jim Dodge）、弗里曼·豪斯（Freeman House）和杰瑞·马提恩（Jerry Martien）；

蒙大拿诗人罗杰·邓斯莫尔（Roger Dunsmore）和作曲家格雷格·基勒（Greg Keeler）；

落基山脉的语言学家、诗人安德鲁·谢林（Andrew Schelling），南科罗拉多落基山的印第安帐篷制作者和珠饰品制作者野阪和子（Nosaka Kazuko）；西南高原的人种音乐学家、漫游者杰克·莱夫勒（Jack Loeffler）；陶艺家和划艇好手乔·本尼恩（Joe Bennion）；出版商J. B. 布莱恩（J. B. Bryan）；学者、美洲豹保护者戴安娜·哈德利（Diana Hadley）；洛杉矶河守护人路易斯·麦克亚当斯（Lewis MacAdams）；南谢拉山的农场主诗人约翰·多弗勒梅耶（John Dofflemeyer）；艾略特·温伯格（Eliot Weinberger）。

恰好在所有这些人的止中：温德尔·贝瑞（Wendell Berry）。

北加利福尼亚——

多面手诗人、演员、牧师彼得·考约特（Peter Coyote）；布伦达·希尔曼（Brenda Hillman）；塔玛佩斯山伟大的精神导师马修·戴维斯（Matthew Davis）；鼓舞人心的合作者、艺术家汤姆·基利昂（Tom Killion）；犀利的丽贝卡·苏尼（Rebecca Solnit）；诗人、探索家戴尔·彭德尔（Dale Pendell）；罗伯特·哈斯（Robert Hass）；以及马尔科姆·马戈林（Malcolm Margolin）和他无尽的幻想；精确又常常令人捧腹的乔安妮·凯格（Joanne Kyger）；科学家-萨满-反抗者金·斯坦利·罗宾逊（Kim Stanley Robinson）。

同时永远感谢，杰克·休梅克（Jack Shoemaker）。

译后记

　　这本诗集出版于二〇一五年，是斯奈德迄今为止的最后一本诗集。他自己曾说，也许这会是他人生的最后一本诗集。斯奈德出生于一九三〇年，写作这些诗歌时，他已是七八十岁高龄。七八十岁如何写诗？我们猜想应该会写几句耳聋眼花、灵魂与肉体不相协调的老境吧。比如，"被时间摇撼的黄昏之躯中／搏动着一颗正午之心。"（哈代《对镜》）"一个老人只是件无用之物，／一件支在木棍上的破衣服。"（叶芝《驶向拜占庭》）这些哀叹个体衰老的诗句，如西天照射回来的余晖一样动人，因为它们从人类的有限性和必死性中取来了光芒。然而，斯奈德似乎不曾写过一首有关自身衰老的诗。

　　在这本诗集里，我们读到的是一位视野与岁月剧增的诗人。整本诗集分为四部分，第一部分"边地人"，写的是与荒野有关的人和事，如沙漠、猎人、印度喀拉拉邦、新墨西哥州和夏威夷小岛。第二部分"本地人",写的是北美尤其是加州附近的人和事,如优胜美地、太浩湖、80号公路、门多西诺的大河,等等。第三部分"祖先们",展现了斯奈德四海一家的文化情怀。他把中国的牧溪、日本的道元、韩国的海印寺、法国的埃菲尔铁塔、希腊的德尔菲神庙、意大利的大卫像、印第安人、非洲人全都认作自己的祖先。第四部分"这就走吧"回到当下,用一首长诗告别了亡妻,并且警告和"驱赶"了读者。不可遗漏的是斯奈德的致谢辞,它看起来只是一串五湖四海、三教九流人名的罗列,事实上全篇句式多变,长短句相杂,富有节奏,是一首气势磅礴的长诗,其中回荡着惠特曼的声音。这本仅收录四十一首诗歌的小册子,从上古时代写到二十一世纪,从木乃伊写到苹果电脑,从美洲、欧洲写到亚洲、非洲,可谓胸怀天下,纵横古今。

在辽阔的视域中,斯奈德似乎忘记了把目光投向自身,投向衰老。那么这是不是意味着诗人不关注时间呢?并非如此。事实上,这本诗集正是一本时间之书。诗集名为"This Present Moment",可直译为"此时此刻",考虑到斯奈德的禅宗信仰,我把它译作了《当下集》。

斯奈德使用现象学式的直观记录法,刻画了很多当下时刻。如，在《夜阑昼至》中，他记录了黑夜结束黎明到来的过程：

夜分两半

蛙叫

鸡鸣

晨昏交融

乌啼

明亮的地平线

白日微光

牛群颜色可辨。

日出

露晞

群牛离栏

没有主观情感的抒发，没有议论，令人想起"明月别枝惊鹊，清风半夜鸣蝉"的意境。不过，辛弃疾的词紧接着写了"稻花香里说丰年，听取蛙声一片"，人物的出场让景色成为背景。而斯奈德只是纯粹地记录天光、声音和物象的变化，表现了从黑夜到黎明，从微光初现到太阳升起，万物从沉睡中苏醒，世界重新展开的过程。在他记录的这份寂静中，我们似乎能够听到地球缓缓转动的声音。该诗的原文标题为"Stages of the End of Night and Coming Day"，意思是"黑夜结束白天来临的步骤"。我的学生们读了译稿后坚决反对直译，认为这样的标题不够诗意，建议我改得文雅一些。几经犹豫后我做了妥协，但有必要说明：斯奈德把题目取得这么朴素，是他诗学思想的反映，他想要直观地呈现每一个当下时刻，通过记录光与影的瞬息运动，呈现世界如何一点点地从昏暗中把自身剥离出来。在这本薄薄的诗集中，诗人写了三首黎明之诗，另两首为《鹅湖晨曲》和《此间》。因为黎明与黑暗相共的那个瞬间是富有启示性的：万物再次明亮起来，如同真理在显现自身。

直观记录法是这本诗集的一大写作特色。在《如何认识鸟》中，斯奈德认为你想要知道一只鸟的名字，就要去观察它出没的地点、飞翔的方式、羽毛的颜色和图案，以及它怎么唱、吃什么。而一旦你拥有这些信息，名字却又变得不再重要了，因为"你早已认识这只鸟"。这是斯奈德的诗学思想：拂去遮蔽在活生生的事物上的概念，直面事物本身。基于这种诗学观，斯奈德用"清单罗列法"写了几首诗，如《一妻多夫制》《新墨西哥的古老遗传学》《伊努皮克价值观》《亚克托安的猎犬之名》，等等。初读这些作品，读者难免会产生究竟何为诗歌的疑惑。从教室墙壁上原原本本抄写下来的价值观算不算诗？列举古希腊神话中一位猎人的三十五头猎犬算不算诗？这些"清单诗"的诗意究竟何在？在斯奈德的诗学思想中，诗歌不必过于严肃和一本正经。在写给女孩梅丽莎的回信中，他说："禅宗有言，戏玩之间。"但他同时又指出，"真正的诗／诞生自无形处／那是我们的本初面目"。所以，每一个当下时刻，如果与存在之根相连，便是诗意的树木上生长出来的崭新叶片。《亚克托安的猎犬之名》看似仅仅罗列了一串名字，但每一个名字都是一次召唤，一次涌现。随着名字越来越多，我们似乎看见漫山遍野的猎犬在奔跑，白色的、黑色的、狂吠着的、毛发凌乱的、咬牙切齿的、飓风一般的，全都在围猎它们的主人。通过名字的罗列，诗人直观地呈现出了猎人被自己的猎狗追杀撕碎那一刻的无奈和绝望。

时间总是绵延不绝，每一个当下时刻，一出现即成为过往。在最后一首诗里，斯奈德揭示了时间运动的这种永恒逻辑：

这生生不息

不断成为

往昔的

当下

每一个过去时刻，也曾是饱满的当下。因此，斯奈德不仅刻画正在经历的当下时刻，还复现了无数个已逝时刻。当斯奈德看见世界上最古老的木乃伊奥茨时，会和朋友一起花一整天时间研究他的衣服、工具、草药和打火石，又亲临现场，把他曾经走过的路走一遍，想象他当时是去山那边看望女儿，翻越山岭时遭遇了风暴，死在了路途中。斯奈德用进行时态，描写这具木乃伊临终时刻的困难、孤独和绝望。当斯奈德看见大卫像，他不只是觉得大卫俊美，也不认同经书上所说的此时此刻大卫已经杀死哥利亚完成复仇。斯奈德认为，这一冷峻时刻，是大卫做好准备，即将出手杀死哥利亚的刹那。在绝杀发生之前的那一刻，极度的愤怒变为了极度的冷静，他纹丝不动地站着，"站在一个很深的地方 / 在时间的枢纽里"。大卫是愤怒的、赤裸的、暴露的，同时又是温和的、节制的、审慎的，他站在内敛与爆发的平衡点上，恰似一块烧得通红的烙铁放进水里，正在冷却、凝固成一件崭新的武器。斯奈德总是能从凝固的物象背后看到血肉之躯。他赋予了木乃伊和雕像以生命，使每一个过去时刻成为栩栩如生的当下。他是在亲历，而不是在回忆或追述那个时刻。

斯奈德把握时间的另一种常见方式是，像普鲁斯特那样表现时间在过去与当下之间的穿梭。从当下的平凡小事闪回至很久以前，几乎成为斯奈德写诗的本能模式。当他在酒吧遇到从前的朋友，便想起很久以前这位朋友和另一朋友在沙漠里吵架绝交的事；当他吃柿子时，便想起从前买过牧溪的柿子图，说"那些画中柿子／确能治愈饥饿"，又想起道远说的话："除了图画里的米糕，再无其他能治饥饿。"当他在德尔菲神庙听希腊诗人朗诵他的作品，便想起年轻时在京都的爱情。不胜枚举。似乎有谁在时间的两端各安了一面镜子，两面镜子投射出来的光影摇曳，使当下和过去的某一刻交相辉映。有时候，当下和过去之间切换的时间跨度非常大，进而造成一种黄粱梦回，醒在"梅花雪月交光处"的世外之感。在《西伯利亚边哨》中，诗人和朋友在一株荒野大树下躲雨，忽然想起几亿年前自己是个小罗汉，曾在这同一棵树下修行、打坐，这会儿刚刚醒来。在《野火新闻》中，当诗人看到野火燃烧，想象数亿年来，野火前赴后继地肆虐山林，而树木一次次返青。这些树木花了多长时间，才把群山绿遍？诗人认为需要一百万个千禧年。可是最后他又来了一句"……放慢思绪／放慢思绪／罗马是用一天建成的"。如果我们的意识活动足够慢，慢到高僧入定那般，那么世上千年，在你的意识里也只是一瞬。这些诗歌体现了斯奈德"以须臾为万世，以咫尺为天涯"的时空观。我想，正是因为认识并具体感受到了时间的相对性，斯奈德超越了衰老。

德里达在《论礼物》中强调了"present"这个词的两个基本义：一是礼物，一是当下、在场。同时，他认为礼物是不可能实现的，在礼物送出的刹那，它已被消解和摧毁。因为真正的礼物不应包含交换、补偿或亏欠，它不需要回礼，而现实生活中礼物送出的刹那双方都已意识到这些，礼物便不再可能。读斯奈德的诗歌，我们感到，他刻画的每一个当下时刻都是一次礼物的实现。人在观察世界，开启世界，同时世界又对人呈现自身，并不断开启人的视觉、听觉、嗅觉、触觉。人与世界之间相互开启，相互拥抱，使每一个汩汩涌现的当下，成为一份不需要回馈的无偿礼物。或者说，礼物送出的时刻，正是它被送回的时刻。斯奈德所表现的人与世界，与时间之间的这种诗意关系，是他从一生的禅修中得来的智慧，因而这本诗集也可以当作斯奈德的禅修笔记来读。写到这里，我们发现这本诗集的名字"This Present Moment"不再只是"当下时刻",它还是"礼物时刻"。希望读者朋友能够收到这份无需回馈的礼物。

　　斯奈德的诗歌大部分直白易懂,然而也有少量写得相对晦涩,甚至不知所云。比如,《星期天》开篇写:"……但是谁会守安息日呢?/除了贝瑞。"紧接着来了一句"好诗"。如果我们不知道贝瑞是温德尔·贝瑞,不知道他写过安息日诗歌,就会莫名其妙。为了有助于理解,我尽力做了一些注释,但依然有不甚明了之处。比如《杀》写的是诗人在卡拉哈里沙漠做的一个梦,我曾经邀请多位朋友来读它,没有两人对之做出相同的解读。因而我做了逐字逐句的翻译,以保留原诗的多义性。斯奈德自己说过:"语言是野生的。"而他自己的一些诗歌会回到那种野生的"前语言"(prelinguistic)状态中去。我想,这种"前语言"的暧昧不明处,也许正是语言有更多可能性的地方。在翻译中我们应当像保护我们尚不了解的出土文物那样加以尊重,而不是为了追求明白、晓畅妄加删节或补充。

　　斯奈德的诗歌涉及不同地域的不同文化,囊括植物学、动物学、考古学、动力学等不同学科,还使用了印第安语、拉丁文、希腊文、梵文等词汇，几乎是一本百科全书。在翻译过程中，我求教了众多师友，得到了他们的热心指教，在此表示感谢。我的学生们阅读了我的译稿，这个年轻的"陪审团"为我提供了直率的建议。正是在试图解答他们的疑惑的过程中，我对斯奈德的诗歌风格和诗学思想有了更深的理解，在此也表示感谢。

我最要感谢的是我的师兄管南异，他校读了这本诗集中的每一首诗，在一些关键细节的把握上为我提供了稀有的智慧。比如《爪印／肇因》这首诗，英文标题为"Claws/Cause"，两个词在音和形上都相近。我想找到对应的中文字，却苦苦思索而不得，最后是我师兄巧妙地解决了这个问题。我竭力通过译文去再现一个逼真的斯奈德，但常有一种猪八戒变女娃娃的感觉，像素不够高，图像不够清晰，需要悟空吹一口气才能变完整。我师兄正是悟空一样的神助攻，他对我的译稿进行了砍削、斧正，又帮我刷上了清漆，他给予的帮助为我的浅陋译本提高了准确度，也使整个翻译过程变得愉快。

也许，理想的翻译应该像古人翻译佛经那样，在一人主导下成立译经团队，译经师之间互相指正、纠偏，如此才敢像鸠摩罗什那样立下"三寸不烂之舌"

之誓言。今天的译者大多是单枪匹马地工作，要是前人已有三个译本，第四位译者或许可以比对前人所译，加以改进，在不细究知识产权的前提下，形成一种纵向的团队合作。斯奈德的诗歌在国内也已有不少译文，赵毅衡、西川、杨子、柳向阳、钟玲都在译介斯奈德方面做了重要贡献，让我受益颇多。然而，限于我的阅读面，这本诗集中的诗歌尚无中文译本。没有前辈译文可参考，我有一种驶进新鲜海域的兴奋，同时也有航向失偏的忐忑。错误之处，不尽妥帖之处，恳请方家批评、指正。

许淑芳

于杭州　城市心境

2019 年 4 月 18 日